年代诗丛
第三辑
韩东 主编

别的部分

唯零 著

江苏凤凰文艺出版社

图书在版编目（CIP）数据

别的部分 / 唯零著. — 南京：江苏凤凰文艺出版社，2025.1（2025.4重印）
（年代诗丛 / 韩东主编. 第三辑）
ISBN 978-7-5594-8102-3

Ⅰ. ①别… Ⅱ. ①唯… Ⅲ. ①诗集－中国－当代 Ⅳ. ①I227

中国国家版本馆CIP数据核字(2023)第216698号

别的部分

韩东 主编　唯零 著

出 版 人	张在健
策划编辑	于奎潮
责任编辑	孙楚楚
封面题字	毛　焰
装帧设计	周伟伟
责任印制	杨　丹
出版发行	江苏凤凰文艺出版社
	南京市中央路165号，邮编：210009
网　　址	http://www.jswenyi.com
印　　刷	苏州市越洋印刷有限公司
开　　本	787毫米×1092毫米　1/32
印　　张	6.25
字　　数	101千字
版　　次	2025年1月第1版
印　　次	2025年4月第2次印刷
书　　号	ISBN 978-7-5594-8102-3
定　　价	47.00元

江苏凤凰文艺版图书凡印制、装订错误，可向出版社调换，联系电话 025-83280257

目 录

散场，2015—2018

一切如常	003
树与人群	005
轨	006
声音就是今夜的寂静	008
泥瓦匠	009
等待	010
找	011
给声音留条窗户缝儿	012
Soulmate	013
走失的月光	014
印在杯子上的泰迪熊	015
小区	016
过河	017
一只小狼	018
和一头长颈鹿，坐草坡上	019
散场	020

怀念蚊子	021
晚六点坐石头上看人来人往	022
午后	023
午夜	024
篮	025
等戈多	026
接雨	027
灯光	028
骑着抽纸去旅行	029

掉头，2019

一瓶可乐	033
石凳	034
驿站	035
红拂	036
那年	037
看见	038
他	039
午后 13：24，以及能想到的	040
新年打赏	041
红	043
坏钟表	044
黑白志	045

雀	047
下午	048
代哭	049
餐纸研究者	050
伞	051
写过诗的人	052
灰	053
十九	055
下水道	057
26	058
我看到的	059
屋子里的旅行	060
木桩	061
雪,以及白	062
夜未央	063
会好的	064
夜行人	065
X	066
残局	067
铁纽扣	068
掉头	069

复盘，2020

复盘	073
地平线	074
白鸟	075
发呆	076
最近怎么样	077
在世	078
一个酒吧的红色尖叫	079
网	080
故事	081
岩羊	082
抢劫者	083
影子	084
2013年秋	085
俳句	086
抵消	087
十字	088
少年	089
一只鸟飞	090
南京	091
忽明忽暗的下午忆起少时读《西游记》	092
两只耳朵	093
捉放记	094

面具	095
门	096
小石子	097

空壳，2021

长统靴	101
校广播室，1991	103
七零后八零后	104
乡村练歌厅	105
副本	106
空壳	107
在日常中，忘掉摩西的神杖	108
那是一个被闪电击中的人	109
呃，没了	110
讣告	111
句子	112
小锹	113
水边纪事	114
害怕	115
窄缝	118
纸	120
街	121
枝条	127

玻璃，或者代名词	128
屋顶	129
蝴蝶有毒	130
消息	131
天很空地很忙	132
荒草	133
别的部分	134

几何，2022—2023

天堂电梯	139
在等	140
删减	141
随风而愈	142
致常识	143
比喻	144
图纸	145
回形针	146
信号灯	147
负一层	150
红指甲祭	152
几何	154
河塘	155
这无聊的磨损的	156

对影	157
秋戏	158
风一阵阵	160
宁静	161
走着走着	162
镜子	163
随身听	164
扫地机器人	165
冬雨	166
十二月	167
螺(诗剧)	169
坚硬的表面	185
一个说明	189

散场,2015—2018

一切如常

这一夜为去世三年的父亲
唯一做的就是一切如常
像往年一样
戒了一天的食
抱本书
坐等天亮
"让我变苦
把我数进杏仁"
子夜的词语开始触动
还残留身体的某些温度
我来到食物跟前
很想对它们说句原话
我闻苹果
然后放下
她不是杏仁
她坚持当初的香味
我也抬头看夜空
星星总是被影子阻挡

发光或消逝被阻挡

挡不住梦见

上山给父亲烧纸

火光摇曳全家人的面孔

唯愿风静止时间静止直到

树醒

我醒

知道父亲就在不远处

整夜不说一句话

他和我们一样一切如常

2015

树与人群

站立。
必须站立如树,一叶一叶凋零。
最终被泥土捉住。起风了。到处是人群。
追逐,逃离,满街一树无援的表情。
在树下,开始怀念另一群人:

听得见彼此呼吸,
并把对方深深地看进眼里,树杈一样不可磨灭。

2016

轨

一个人,一个轨迹,
一次卧轨,一次越轨;
甩在脑后。

飞驰而过
的车,一排排树,
成群的鸟散去。

一个鸟窝丢在眼神末梢上,
一个墨点,
印在发白的天际。

掏不出弹弓,用长竹竿,
一根连着一根,
我爬上去。

爬到梦上去;
一个人,一个轨迹,

一次卧轨，一次越轨。

掉下来，
我，一个鸟蛋碎了，
还好，有灯。

2016

声音就是今夜的寂静

白豆腐浸入井水的月光

月光洒满奶奶

奶奶摇着扇子讲白胡子老头

老头趁夜将一个死婴扔进官塘

官塘第二天漂起稻瘪子

稻瘪子喂猪

猪躺进了锅台

锅台下造起土灶

灶里塞满松针

松针是火

火没烧死我们

我们都是陈年往事

往事怎会没有一点声音

声音就是今夜的寂静

静到心里了

了了

2016

泥瓦匠

经过他们身边我是一阵冷风。
迅速逃离,街角明亮。
当我吹过那些佝偻的身躯,空气说:
都是泥分子,请把我砌进墙里。

2016

等待

一只蛾子飞进来
又飞走
喜欢看它飞行
扑灯
灭亡的样子
所以我打开窗子
开灯
只要有光
它还会回来
这是
一个等待的夜晚
也不知等待什么

2016

找

找一首歌

找一首三藩市的歌

找一首听一遍难以忘怀的歌

找一首吱吱呀呀转动磁带的歌

找一首候鸟与你失散的歌

找一首漂洋过海的歌

找一首苦心难渡的歌

找一首温和、孤独的歌

找一首多年以后才听出

是关于自由的歌

找一首头发插满鲜花的歌

2017

给声音留条窗户缝儿

离开前,
给声音留条窗户缝儿,
让它们纷乱。
想听压低的嗡嗡声,人声,汽笛声,
风声,有点惊慌的鸟叫,楼上偶尔的叫床声,
也想听敲脸盆,
吼叫,哪怕一点点。
一次疯狂,给声音留条窗户缝儿,
原来的声音和新的挤进来,
成为声音的声音。

2017

Soulmate

在溃散,
八十二岁的托翁出走。
波利亚纳替他的博爱掩上门,
阿斯塔波沃车站
替他的孤独收了尸首,
现在我在西园重读《复活》。
"为什么上帝咬了苹果?
因为上帝最爱苹果的芬芳,
哪怕她经历了阿尔扎马斯的恐怖。"
可我献身不了上帝,
夜幕下悄然落水,
用宿命去喂一条叫作 Soulmate 的鱼。

2017

走失的月光

八戒多年没见过月光,
这夜,悟空拎着月光宝盒来到高家庄,
在云端高声叫道:呆子!呆子!
很多呆子从幻梦半醒,不知何时周身已洒满月光。

2017

印在杯子上的泰迪熊

看没看到
大叔举起杯子,
向空气致敬
他将海

化作杯水、释然的年岁、
对过眼烟云的凝视。

杯子外,
有看不见的杯子,
杯口敞亮。

把海、空气、大叔
统统装进杯子。

2017

小区

山上也有小区,人丁一年比一年兴旺
那里不收物业费。风干的食物,酒水充足
也很美,云淡,风轻,装修不错
不用排队,也不用搬迁,一旦住下
便是永远住下了。幸福,简单
可以好好地睡一觉。但有一条山路
一条黑白分明的路将一生挡在另一边
需要用无数个激荡的夜晚来跨越
它现在接受报名。它的名字叫坟墓
流连,默念,和山树交谈,向泥泞说再见
然后从墓群缓缓下山,上坟的人,各回各的收容所

2017

过河

窝藏，防水，
身后事，
与窃语无关。
一根未尽的烟火，
早就吸够，
在风中眨眼，
消散。
若有浮云
一并闷烧，
它掀不动冻土的空气，
或能飘过卒马之河：
那使役中唯一的动静，
也是虚静。

2018

一只小狼

我感谢它,没有吃我。

一只小狼从夕阳来。
比放鹅的童年高一点。

我比小鹅还害怕。
现在觉得小狼比我还害怕。

可风只给无声放哨。

一些夜晚听见另一些夜晚。
一声两声的枪声。

2018

和一头长颈鹿,坐草坡上

草丛里光一圈圈晃着。
和一头长颈鹿,坐草坡上
一口金黄色大锅上的
两颗点心。那一刻,暖和。

冰糖葫芦的草把子
从一个小黑点慢慢移过来。
"哼坏的买给我吃"
鹿的话音透着点甜
"坏的卖不掉一天就白忙了"
坐鹿边上的家伙这么说。

鹿后来走散了。和这个星球上
无法联系的人一样。
那时的风,没什么不同
它捎的信还是那封。鹿收到时
或许,点心还热,锅没了。

2018

散场

电影里走出很多人
街头等红绿灯
红的太长黄的也不短
够这冷冽的月光
将地上的影子
拉成一支凭吊的队伍
任夜风往孤独里
吹打一会儿
我也是这些影子的一员
靠在电线杆上
默想有人一闪而过
或许只因片中一念之词
"一名警探真正需要的
不是子弹,其实……是爱"
我和电线杆子的影子
看着还算平静

2018

怀念蚊子

一段日子没被蚊子叮咬过
反让我有些怀念
拍打的快感
它饱满而死的样子

其实想知晓自己的血
在蚊子身体里
是变黑
还是变冷

蚊子死时
流的是拍它的人的血

拍死亲爱的蚊子,见到自己亲爱的血

诀别前,它偷偷轻吻我一下
仿佛深爱,才如此

2018

晚六点坐石头上看人来人往

这些腿不同凡响

让我迷幻的

是缝隙间的光

后面躲着夕阳吧

喜欢看它们来路不明

挟着呼啸

人群中

叉来叉去的样子

2018

午后

小巷。唯一的铺子
女贩子低头翻着福音书
阿门

2018

午夜

在这个寂寥的星球上碰见长得一样的人
连放下镜子都一样轻
多好

2018

篮

清晨打水,仍是一场空
仍蔑视一切
仍对卑贱之物躬身起敬。

2018

等戈多

晚风吹过来
确实是风
有人在风来过的地方
坐了一会儿

2018

接雨

杯子接雨

音乐很好

精灵跳舞

再拨个电话

那头是空杯子

这头

是雨滴

2018

灯光

远处有一些灯光。一朵红的,
一朵不太红的,一朵黄的,
一朵更黄的。白的最多。
但它们隔一道玻璃才递到眼前;
若没有窗户,
华灯初上是什么样子?
灯光会替路上的人思考,抵御寒冷吗,
在这个闪烁不定的夜晚?

2018

骑着抽纸去旅行

有时觉得自己是抽纸

没有封面、正面、反面

不断抽出、耗尽、一张张的。

剩下一张

我骑它的 A 面：

到商场、人来人往中

遇见登月者艾伦·宾先生

"天哪，天天这样多么幸运"

我也骑它的 B 面：

抱怨堵车、坏天气

望月、干点你干的好事

它的 C 面 & 荒凉。

掺着尘灰，在某星球

随便画点什么

空无与万寂

我慢慢骑行,慢慢折叠。

2018

掉头，2019

一瓶可乐

它的唇被我取下,少女红。
今晚喝瓶可乐
从九一年大水那条木筏子上
我就决定了。
她们递我一瓶可乐
(还从没喝过
大瓶
装)。
它的指尖
嗯,冰镇过的。

石凳

这张石凳

我坐了一会儿

那个少女坐了 27 年

驿站

他不知道
何时能回来
双肩包
押着他走。
在129路站台
朝旅店方向
看了一眼。

红拂

在夜里

大喊一声

却有什么东西

卡住喉咙

没有鱼

也没有池塘

就是想大喊一声

那年

那年，坐雪里
写几首诗
那年的诗
丢了
那年的雪，还在

看见

走路,闭眼睛
看见什么
看见了。
看见世上的苦难、怜悯
在纷纷避让我的鼻尖。

他

他什么也没做
此生。
他只是
完成了
从生到死。

午后 13∶24，以及能想到的

我们围拢在它的周围
究竟是什么一个东西呢
我也不知晓（确实不知）
我们坐着、只是围拢在它的周围
我们内心澄明，仿佛也是它的一部分

新年打赏

新年第一天打赏了
一枚青果儿。

它所躺的路面整洁有致。
红马甲斜倚玉兰树
桦努力蜕皮,树白与刷白灰努力
混为一色。臂弯里小男孩
指认了云杉顶的藏鸟窝
这世上,谁能比孩子眼尖。
冷探头和细高压线
铁栏杆一如既往地垂青
伸出的绿枝条或带花小蒺藜

—— 夏日脚踝上的刺青,它们。
我的街道呢
我的落日呢
这群遮挡的牌楼。
只有走进缝隙

才觉得我是置身于阳光下的人。

现在。

立在三岔路口的静里

更像是穿行于某个巨大瞬间。

被新年第一束阳光眷顾

被人踢一脚。我

历史，因和果，许是侥幸的。

红

红色的暗扣

下午

一张大口,无人说话

持续的天空,何时结束倒置、一匹马的颤抖,由那根缰绳?

坏钟表

是坏钟表,不是树桩。
我也要像那个人
戴上棕色的八爪鱼
穿黄布拖,举斧头:
"表砸的,偷走我所有"。
夜的黑沉,让你我
把徒然当劳作
玩命砸一只大钟表。
唯在月亮升起时
才垂手,并凝固。
那张表妹、水银的脸
望它一眼,就中毒:
原谅地上的一切
原来所不能原谅的
和自己。

黑白志

一个晃动　身后的圈
一只一只也被扯着　逃。
也逃不掉　圈追着圈跑
怎么就突然高兴起来呢
坐在角落里　很刁
如果底是黑的　看上去
样子更拽一些。
那白是什么　愿望　我
一张张列在旁边
生成某种假象。
它一直在圈里晃着。
有时是一头黝黑的老象
塞在小窄屋
无从转身的低吼
或小狗　墙洞里的
鼻孔　像两粒白色药丸
一粒对另一粒说
我们去那边　好吗？

他们就去那边　这边
长椅空着　分不清天色
后边　荒草上的风也模糊。

雀

我的孤独
就是和盲道上几只麻雀
也熟识

它们认得我,也
不让路。线
记不起一根线
和另一根线
连结
如何从风的针孔

穿过。
我,雀
星星,点点
并不棋布,在
寥廓夜空下

下午

阳光真好

有树影的阳光也好

里面的大手

可以从它的指缝间

看得见曾经的

那只手

我喜欢手上的这些阳光

代哭

"哭是真的"
亲戚点点头
亲戚的亲戚也点点头。
才知哭与丧有分别。
有次哭得伤心
长辈拍拍肩
哭声更大。

似乎攒了几十年
一下子掏出来。

出殡多日,这几条街
谈资仍是灵堂上的尾巴。
也有说不是猫。闪了一下。

餐纸研究者

我是个餐纸研究者

抽出一张

擦擦有点麻木的嘴唇

然后看看有什么可疑的地方

丢进垃圾桶

和你不太一样

就是我可能多用了一张

为那只在电影中死去的猫

伞

他有一点轻微的受虐倾向
喜欢淋雨,在雨中走路
他以为雨很亲近
是永远的朋友
他的忧郁气质来自小雨
那时,还没有一把伞高
伞,一直卷着
挂绳垂下来,荡

下午读陀氏《少年》
"很少有人会像我
这样一辈子如此痛恨自己的姓"
多尔戈鲁基,这是"我"

"我"能怎样呢?刚从雨中回
窗外的天,死阴着。气压有点低
是呀,能怎么样呢?
我取出黑伞,像"我"那样
撑着,在屋里走了一会儿

写过诗的人

写过诗的人

可能多年搁笔

打起背包

在别处嫁娶、生活

熬到中年没多大意思的时候

回头读几句

走上阳台,望望天

偶尔捏着苍蝇

什么也没抓住

那个背影

是不是诗人的背影

灰

坐在小板凳上

看她们往画板

我的鼻子上

涂抹颜料

调色盒变着魔术

那时还不能分辨

只觉着好美

和画我的几个女孩子

一道美

带有静电

我不敢触碰

这间屋子的小火花

忍住一个喷嚏

来到屋外

身边明明是夜的黑

天却有些发白

那几分钟

与多年后常遇到的

黑与白之间

不知如何择断的日子

好相似

我已然回不到旧屋

领受红、橙、黄

青、蓝、紫

还有绿,甚至黑和白

那就同低调灰相依为命

就像此刻

我褪色

我站在灰光中

我与它惺惺相惜

十九

十九是一个女孩。
一个名字。
这么叫她
大约是认识时
她刚十九岁。
她是城乡接合部
会碰见的
神出鬼没。
她是进你屋
抓起桌上
唯一的一只石榴
连水果篮
也不放过的猫。
她失踪好几个月
但某个雨夜
接到她的电话
会和你倾吐：
一所大房子，很大

很大的。

她的声调

微微喘息。

这个不明的电话

让接听的人

也怀疑起自己。

许多年后

她从四处的黑暗里

蹿上来

轻挠你一下。

下水道

一个人在一个城市
一个人在另一个城市
某一天从地上冒出一颗黑脑袋

这没有什么好奇怪的
有什么奇怪呢
它是从另一个城市的下水道
走过来的
在你快要忘掉北上广深
或者忘不掉一个人有只口袋往外翻的时候

26

河沿上
红漆刷的数字
有些磨损
这并不意味暗记
或符咒的发生
它看上去稀松平常
唯一的意外
可能想起两个人
一前一后,从河面上
把一辆 26 自行车
骑出了一溜烟

我看到的

看了一会儿河面

水波平行

一道波纹有许多横线

但并不平行

大都交错

它们拱着一片红叶

看似红叶不动

水波动

红叶是动的

眼光告诉我

我也在动

看不到我动

我看到的就是这些

屋子里的旅行

他呆在屋子里
只为完成一次旅行。
他像一只猴子
从沙滩上
捡起一粒玻璃碴儿
细看着里面的森林
自己是否跳荡。
他早已来过这儿
他一直在这儿。
他是一块时间切片
布满交错空间。
现在不出门
只想听听
屋子外面他的脚步
后头跟着沙沙、沙沙声。
他还把重力安在
门的把手上
他带来的呼吸
也在一夜之间调匀。

木桩

整个旷野是雪地

一排木桩

每个月自动消失一根

并没有人来过

镜子里也没有搬动和擦拭

一只鸟悍然飞过

那么奇怪、激动

昨夜的梦里

我踩着谁留下的坑

一个一个怎么还是一个一个地

走到清晨

看见茫茫雪地里

有一排黑木桩

雪,以及白

清晨,它无声,只是白
也不是真的白,只是
有一点儿白,是一点儿白
和更多的一点儿白黏在一起
才构成悚人的白
看了一会儿,朝窗户呵口气
一切变得模糊起来
雪看不见我,我也看不见白

夜未央

冷。

冷冷的。

街,冷。

零线

火线

各自抱着手

离开。

在夜里

街道同虚幻

之间的接缝

也有两条线:

伸着

彼此

也不互看一眼。

会好的

会好的

从没有靠这三个字爬过来

对着台灯　未尽的烟火

总得想些什么

用一个词来匹配

或无聊

尤其冬天已蔓延到我的臂膀

仿佛听得见前哨

它与那些血管

短兵相接的撞击声

咔　咔咔

夜行人

他黑衣

紧瘦

风一样的步子

他不停地掖紧衣领

他在屋檐上飞行

此刻,他就如屋檐上的雪

那般明亮

——我从没有遇见

这个夜行人

却并不因他目光

这把记忆的刀子割疼我

而不再寻找

这样的夜晚

X

一撇一捺

只是一撇一捺

想好了告诉你

不是鸟羽收弯刀

弯刀已折戟

鸟羽在逃逸

烛光围拢过来

你合双手

许下愿望

然后汲取盛名

像摇滚歌手

幻灭一生可眼前

只是一道玻璃

上面的涂鸦

并非羽和刀

一些人经过这儿

留下镜中影像

我在影子里

停了一会儿

残局

路边桌。
几摞棋子
桌底散落一二
小卒拱入红相腹地
马,仰肚皮朝上。
弈的一方
借口开了溜
支招的忙将军。
此刻,落败算啥。
在场或出局。
这盘残棋
是初秋下班时候
人多起来,车让过去
这么呆望着
可乐洒了小半。

铁纽扣

它有点好看,银灰
比起周围:挡板,脚手架,工地
人们走上钢板路的咔咔声
桥下那条水泥船
——小纽扣
或许一辈子扔这里

深夜时分
不知为什么只记起它
而不是:其他

掉头

来的时候

叉着手

掉头。线

提醒我,说

该拿出手了

我就

拿出手

甩着

回屋的

时候

碰到一只

阴冷的

大手

我的手还没握

它

就缩回兜

这也是

一天

在一条线里

过完

它的一生

有时是

绷的

有时弧形

复盘，2020

复盘

开始这个实验

打开小手电

试图找到穿隧道的感觉

还记得大致路径

曲曲弯弯，有暗道

可光太直

倏地一下

就站到那里。

抱着必败之心。

地平线

下山时看得清楚
看见就安心
至少知晓身在何处
与它之间
只差一个指头

白鸟

从一个人眼中
从左到右
从右飞到左
又飞到右
好几个来回
落在这人站的
水边

想飞

往水里
扔块石头
鸟就多飞一会儿

发呆

这间屋子。

还是想回到那间屋子
在那间屋子里
发着那间屋子的
呆。

最近怎么样

TA 发了个"祝好"。

"祝";只回了"祝","好"说不出。

就这吧,"祝"。

在世

他还会写
一株是枣树还有一株也是枣树
只不过
他成了枣树

一个酒吧的红色尖叫

黑坛子从墙角搬来
灌一些沙
打湿,不哭不哭,不哭。
沙子在发亮。

我听到坛里一些奇怪的人声
一个酒吧的红色尖叫
而后一声枪响。整条街追赶的嘈杂声。

剪了枝叶
闻闻香气,插进去
我的身体里有一根称之为骨头的小东西
硬了起来。

网

傍晚令人神伤
尤其隔着网
被一只水鸟、镜头
轻轻带走,你来不及
总是来不及

今天的雨
今天的雨
今天的雨来自
来自过去和炸弹
今天的雨
来自某个午夜
空的街道或者棕榈垫

故事

写个故事,曾真实发生
终归是故事:
一只鹰形风筝挣脱着升空
到达一定高度
便不动,久久安静。
下方一片发白的墓群。
故事至此,结束。他感受到它。

岩羊

一只
一只
走过

人也这么
一个
一个
一年
一年地
直至
一只小羊
咩咩着,跳着追赶羊队

镜头里看不见了
我还举着画面

一半
有羊
一半没有羊

抢劫者

只有看见晚归鸟

才能收起那张破网

轰然两盏大灯

灰罐车才能刺破这薄暮

跟着最后的天光走进青年旅店

开始抢劫铝皮屋顶

蝙蝠披到肩上他有了一副翅膀

滑过窗子的时候

里头传出暗语

让这个夜晚有了几分意思

却是一个无可挽回的夜晚

对他来说

影子

有时,逃不脱心中一些影子

会不知不觉走上一条柏油马路

真的看到一大片影子

铺着什么,朝前移

它拖动下午一点钟:

有坡度地起,伏

路面切成三块:白色光带、灰影子、我

没有沙沙声

我想快点到这影子里,我愿意被操纵

眼底终于暗下来

我看到了它的中心:有个孩子蹲在那儿,哭泣

2013 年秋

2013 年 8 月 7 日
至 2014 年 5 月 30 日
之间是空页
他该写什么
我在 2013 年哪儿
喝着大酒头抵着头
为过去以及
过去的过去早已过去
唯在诗人墓前我
呆立了一会儿
黑色的双肩包
几件单衣
一个深秋的空气
诗到这里似该结束
好吧结束

俳句

一个老汉将被投狱的夜晚
熄掉台灯
静默,一整间屋子陪我
没了扑火之蛾
手上的烟头通红
也不吸,却有致幻感
直到几声狗叫,从远处
拉回我
今晚真黑呀
俳句里那只青蛙,扑咚一声
跃入水中

抵消

声音覆盖声音

声音被声音覆盖

更大的声音。

我抵消。抵消不了什么

连寂静也——

那个伫立桥边的身影

只逼退了我胸腔里一条回流的暗河

十字

一些蛇深夜从北向南

越过一条公路

它们将死于非命的身体

与车辙印交叉的十字

只有急赶夜路的人触得到。身后,是呼啸

少年

比起艺术家体验硅胶娃娃
还是这盏马灯击中了我
它干净明亮它的周围没有马

—— 少年的夜晚怎能没有一匹马
少年揭开灯罩
少年剪短了灯芯
灯火重又照亮少年的脸,少年的瞳孔里
有一匹马

一只鸟飞

一只鸟飞

下方那间屋子

几乎全由一个人搬动椅子

而不是托梦完成的

一把椅子被

一个人挪到另一个位置

身形空了

几分钟后将由寻来的

另一把椅子填充

让鸟稍停的是

一个人刚走出屋子

地上又长出一把

和原先一样的椅子

南京

有人回到南京唱歌

南京没有回来

它在秋天掩护下越走越远

离南京很近的我

去不了南京

我要去的南京

是越走越远深秋的南京

忽明忽暗的下午忆起少时读《西游记》

下雪时夜也深被窝里升起营帐

打着手电筒照见几排文字

悟空悟空快点打呀悟空翻着筋斗云见菩萨

忽明忽暗的下午忆起少时读《西游记》

侧耳听着帐外那些夜晚父亲的走动声

看不见他,也看不见我

既然云中相见已定弼马温就弼马温吧

两只耳朵

南边窗子

北边,窗子

雨该就是左耳朵进

右耳朵出的声

为何南边雨

一声一声是一滴或一答

北边的却窸窸窣窣

临晚剩下的雨

穿堂时也被一掌捏碎

捉放记

小老鼠

听从众生放了你也是放了我现在

夜色这么深、重

别回来

要从这乡间草丛里

快点逃走

去寻一条街路

和吃完烧烤的红男、绿女

过一次街

没有谁注意,打你

繁华也打算褪去

街中心会遇到

从来不戴手表的人

时间同霓虹灯管的反光

从手臂划过

面具

去年是去年的面具
挂在今晚天空
只一种表情。却难忘。
蓝光,那些朋友,我想我并没真的失去。
它或许抽身,餐桌边正弹着腿
或许此刻,比或许还或许
它回望了我一下。
它看到:我的面具。

门

镜子里一个人也是两个人
对方撅屁股
也是在同个世界
在又怎样
如果是一道看不见的门
跨不过就隔开
已经放弃努力
努力紧闭着这扇门
一首单循环
轻的声音会穿透
镜中人也可以听一听

小石子

念头也湿漉漉

一场雨去往哪里

它和它,和它

一片叶子,叶子,叶子

和叶子,叶子,一片叶子

预谋将铺满。他晓得眼神及

躲闪。快让暗红驶入

让石子进来

同伴的脑袋从山坳

身躯从下坡道

进来

进来进来让石子进来,进来

一粒小石子努力发出光芒

走过的人看不见它

"一堆石子",走过的人说

我是城雕我是完整的

一个拿着焊枪的雕塑家却这么说

它喝完酒它开着一辆黑色桑塔纳以风速

穿过夜晚,茫茫也是完整的
进来进来它让小石子进来
它撞倒城雕
成了城市的一具骸骨涂满锈色
进来让小石子进来从拖鞋进来
那个女人趿拉着,下了飞机而小石子停在半空
他感受到它

空壳，2021

长统靴

1931年,我走来走去

我是一只长统靴

听得见它的阔哧阔哧声

那里面有空气

雪

有铆钉

当我走向吧台,取一杯加冰的可乐时

我也听见暗地里

它咬合一枚齿轮的细丝声

后来某天我终于拔出来

望见长统靴

1931年

一条被遗弃在路上的独行者,没有腿

扫它一眼

它涨高一截

楼群、戈壁、舰只、水光

模糊起来

如果"如果"也是真的

那么我便是一只1931年的长统靴

一回头它不见

一走来走去

就听见阔哧阔哧声

校广播室，1991

一个分崩离析的夜晚
老彩电闪着雪花点
盯着电视的人
是一个分散后落入茫然街道的人
和一个径直走进电视机的人
以及一个不该把眼下
同旧闻之外的事拉钩的人

七零后八零后

这很像一打矿泉水
有一只被踩扁。
瓶子捡起。嘀咕两句
继续。
在不断续写的长句后头
骆驼,沙漠,都缓缓行进着。

乡村练歌厅

大音箱放着老歌
夹杂了过路的小汽车声
从嚓嚓的车轮里听到的草原
拖音是另一个地方

副本

一只箱子
打开它的时候毫无征兆
应该钻出来一只猫
应该是一只白猫
尾巴是一圈黑一圈白
不可能整块
应该将箱子调节到刚刚抽出的状态

空壳

烟是什么如果祛除烟气
拿掉烟灰,拿掉隆隆过的
一阵飞机声
和追它的眼。它将剩下空壳。
如果壳也剥离
只有有,或没有。
发生的过去了,所以没有发生。
它出现在一件衣物里
并取代衣物。
挂哪儿已不是痛点
却为扯动了一根细蜘蛛线
而感到一丝歉意。

在日常中,忘掉摩西的神杖

一个人的身板

在洗衣机旁

涡轮打旋

刺溜一声停住

他摁了摁闪烁灯

那是一个被闪电击中的人

闪电是上帝在尝试新的音乐

还是一种电击疗法?

世界将是错误的?

不不,世界没错,错的是一错再错。

此时需要一个恍惚者

从另一地址走来

那是一个被闪电击中的人,牢狱已造好。

呃,没了

呃,没了
对昨天的事他
总是这样
似不是对我说的
我在边上看他干活
拔旧钉子
呃,没了
他对马钉枪说

讣告

过去了,风
可不,风,过去了
风交错
而过的空隙间
有个
慌张的我。
站台外,飞快的车窗上
那些模糊的影像
似是在给已逝的人
寄稿费。

句子

纱门打开,

队队空气擦过鼻尖。

夜里有蚊子,白天有苍蝇,阿门。

被这句子触了一下。我让它们先过去。

小锹

只有一把。
废弃的小锹
靠在土灶墙边。
偶尔生火,扔柴火
有小锹与我并肩。
望着灶膛里
火势渐起
厚雪封门时那个身影。
父亲递来一把一模一样的小锹
我一挖小半天
总想挖出一个东西
可还是雪块,我把它往前推。
父亲在别处挖。

水边纪事

水有些浅

去年的这口塘

已经静下来

一种奇怪的情绪袭来

会不会从水下冒出脑袋

或者两根

抽完一根打开烟盒

是空的。鬼

只拖拽水边如烟的人

玩伴的脸

清澈的下午

浮现眼前

烟盒

一时半会儿还不会

沉下去

害怕

知道害怕什么
不敢说
它便是害怕。
是鬼,
从它听说有扔死婴
这种事。
是词。
死亡沙沙沙沙
从脚后跟的夜里
说出了它。
回头。迷蒙。
此时左肩小灯一灭
它更害怕
害怕中走着
直到右肩小灯
某天与街头的霓虹
红男绿女融为一体。
它和它们

坐在一张桌上

手机像手枪

各自对准对方。

它被一只烧红的

小龙虾刺中,"谁?"

"我是鬼。"

"从哪来?"

"一口塘。"

它站起身来

趔趄一下

才明白身上

背了一口塘。

深不见底的操控。

不从,就从这条街道

消失。

消失愈多

水愈丰盈。

旧事一件件漫开

后来,它醉了

抱住电线杆

明白这是老槐树

树里住了一群想见的人。

它挤出喉管内部的声音：

我是鬼

我也害怕。

窄缝

这边那边,我

有时那边有时这边

换来换去

它也一样

阴阳并不大,一顶树冠

可遮蔽整个天空

一把刀子可

挑开一条窄缝

它望这边

窗户纸上皮影绰绰

闻到肉香,而我

揣着护照

在身与灵只可壁咚而过的

窄缝,擦肩,惊觉

它手臂寒冷

呃,一切

已来不及

我获得鬼的身份

无边的黑里荒诞着

这边,是哪边

辨不清

偶尔透来一丝光亮,却

不构成引诱,惦记的,是

它孤单,是

落在这边

一只帆布鞋

纸

一张纸的失去、夜晚来临，无声息

这个冬天或许抽不出雪、火，不能沿它的边缘

铤而走险，然后隐匿

……失去无非是，我在它的失去中

也无非，一些依稀可辨、可验明正身的地址

一只鸟的形状

岛屿……

有人跟着少年海碰子下潜下潜下潜

另一个人在加拿大写诗，写怒江……

街

1

街角

一小股风

打旋

扫裤角

往鞋袜里钻

抬脚踢它

却不见

它领着灰屑、碎树叶

去街对面

也是街

这条街说不好是秋是冬

这条街有积冰

相邻的街刚入秋

我往回走

2

栏杆

少年骑住路南的栏杆（A）
走过的人有点模糊
一个背画夹、穿红衬衫的
在栏杆上
坐下来
红衬衫也会
坐在另一条街的栏杆（B）上
路中间多出一个栏杆
跨过来的时候
后头有眼睛
记起眼睛是谁了吧
它已在很远的街
那条街的栏杆
落了雪
其中有一截，是C

从 A 到 B

是十年

从 B 到 C 二十年

可从 C 至 A

他只花一秒

不信？回头看栏杆

哎呀一秒没了

3

斑马线

车水马龙

才是街

街头有人

地上有蚂蚁

上街

擦肩而过的感觉

有个人在街上

从南往北走

似乎就此

不会和另一个人另一条街

有交叉

只在斑马线中段

走过来的人

有点面熟

张张口

却没发出声

头一低也就过去了

4

152 路

旧作是手

没从 14 路车抽出

已在 152 路打卡

久长的公交

也空,下午却少昏睡

看街和人

商店酒店足浴店,花店花圈

数卷闸门卷闸门卷闸门卷闸门卷闸门

那座独栋小楼还在

树或伞,哦,雨了,斜打窗

一滴雨溜进来,要挂

指擦并陷于糊涂

……下车

一只黑绒线手套

落在座位上

我望着152路车过了一棵树

找不出形容词

5

排档

过去走的街

被掳走

塑料凳在,有残破

一只腿支棱着

街的晃动从夕阳开始

人群多出一张面孔

来无可核,去向也不定

它滚入排档的油锅

我往回走

天擦黑时

到另一条街

枝条

砍这些枝条
有点吃力
还是砍下了许多
一下午只有他
替我呆在这儿
我替枝条
想好去处
一些安在脑袋上
染成杀马特
长到天空里
有消失
就有同类悲悯
这个突兀的想法
占据了我
另外的想法
给另外的枝条
枝条是一些想法
这么低垂

玻璃,或者代名词

下午,太阳 4 点就弱了
这时想起自己住在一个球上面,在转
有的几百米高,是倒的
从杜尚的大玻璃上,看到裂缝越擦越有
在枯死的盆栽里,我栽活一块玻璃
而后——打住,去附近取快递

屋顶

屋顶是瓦片

也是浮云

此时不要敲打

占据它的那些乌有

一队雨点,一列整编的

脚靴,一只飞落其上的鸡

开始了表演

也不要揭瓦、深扒

椽梁下

不过是些簌簌的尘沙

稀疏窗影

荒诞对荒诞的一次别离

以及,角落里的卷发小女孩

投给世上

这幽怨的一瞥

蝴蝶有毒

它是昨夜的唐·吉诃德,死磕窗玻璃
而我无梦,再见它已地上、清晨
夹入书里做标本?蝴蝶比文字有毒
莫若给它火的结局——黑的红、红的黑

消息

失败的人又听到了空气中失败的消息。
这是 9 月 15 日的句子
现在像是一个真的消息。
谁在传递它?
没有走动。
一整夜对开的窗、三两声蟋蟀暗叫
已是过去的姿势。
每个人经过它,然后遍体鳞伤。

天很空地很忙

一摘下绒线帽

有人从句号翻了过去。

余下的围坐桌边

仍耍着茶艺

三个盖捂五个茶壶

打翻一只,洒了黄汤

桌底下汪洋。

天很空地很忙

一个逗号切分不了

找块铁,藏好。

荒草

荒草同我下坡
没说话所以起风
听见荒草
弦外之音是吗并没有，是絮叨
一个声音好听的精神病
丈夫也进了精神病院
老房子长出荒草，它的孩子漫山野

世上离我不远，指头可以触到地平线
荒草不倒，一根野芒晃过来，我顿了一下
为摇曳

荒草是顿号边上的精神病
有些年长得密

别的部分

他的身体包括

行李箱、人、背包

他爬飞机,他的重量便属于飞机。

飞机

是别的部分。

谜一样的天空

舷窗充满回顾。

他把指关节掰成

一节

一节

一节。

一个停顿。

此时可放折梯

一节

一节

舱回这从
以可他

也可以掉下去

几何，2022—2023

天堂电梯

出生即流亡。开往天堂的电梯
现在只剩一个身位可以卡住自己
身体中的那匹马却先你而入
呆在原地看着它四蹄腾挪不开
终被一团雾气带走,恍惚间
第二部电梯已经到来,是空的
有点失落但仍然踏入仍抱某种期许
这时陌生人尾随进来跺了一下脚
它没有重量穿着一副盔甲衣
用一支铁制大手替你摁下数字 13
只对你微微点头,就觉着它
已是一生中最好的朋友。铃响时
并无道别由着电梯口切开身影
那天下午走出这部电梯的人
从各自的楼道去了不同的地方

2022

在等

在等鱼的叫声?
在等,风刻入路过的车胎? 在等
在等一个问号? 在等穿过? 所有穿过声音的声音
穿过?
坐一会儿。

2022

删减

山上的水下来

水里的水有没有涨

一根芦苇的晃动

一个人的身影

风吹过了水

人还是这么走着

和有点年头的小石子一样

等车声,周围,在某个瞬间

突然静下来

2022

随风而愈

风在窗户关紧后呼呼作响
有户人家窗子一直开着
里头的人从墙影子上探出半个脑袋
可风并不吹进来不存影影绰绰的情形
这跟战争一般无聊
当明白风没有履带轧过窗棂
也没碾过身子时他才知人世的伤痕
几乎是不可治愈的但在明白的刹那间
比起风前畅然了一些至少他喜欢
听外面的风呼呼响并且一遍遍听了好久
老家伙阿巴斯不打招呼就随风溜走了

2022

致常识

常识被抛弃。
形而上、形而下。
断层,无形的上或下。
一个修鞋匠成了识别这条街的唯一。
他把细麻线锥入鞋底
街道才照常驶入眼中
这些年他消失了。
只能扔掉我的旧鞋子
似乎脱了苦难。
脱离了吗?
阶梯。

2022

比喻

  云
比喻……比
  喻

以上是一朵云还是你我
我移动它就很轻,停下脚步它就很重
有人蹲在没浇沥青的马路边上
玩着那种叫作抛石子的游戏
不知有一朵云从头顶飘了过去

2022

图纸

这样的路

打上水泥包浆

不磕磕绊绊

雨天不会溅了泥水

这样的路

草图未打小样

仅存于脑子

没什么好争的

人愿意为它而忙

铺就才起巷议

这样的路

一张图纸

至多有一群小鸭子

摇摆着身子路过

不知南北西东

2022

回形针

在?无不在。
一枚回形针在旧书里
是为遗忘
"在"此之后的锈迹。
比字面深刻一点。
因等候手指
布满了矛盾
这张爱恨交加的脸。
若捋直,戳那痛点
重受那折磨。
可一切已不在。
他紧张了一会儿
将回形针放回去
是在的。
是 U。

2022

信号灯

人声一远
山涧底下的水
就近了
看不见只能听响
随坡度一点点变大
竹林已毁
小刀刻过的字
（那时不说
我靠）在哪
岔口分出
一条来时的路
另一条也可以走
会跟着一个鬼
我开始俯视大地
啊，啊不出
这时看到地平线上
有一列慢火车
嗒嗒嗒

拖着长身子

想到江西的花黄

他给车站守夜

只能跟铁轨说话

并看着它们

被一点点吞没

花黄,既然谁

这么喜欢

我们的骨头

那就给谁好了

每年路过大树

总有一二

倒在流水和土坑里

它们度劫余生

不取决于多少字

(文字是宿

命的遗漏)

若无死活之分

虫子就会钻出

就有了寂寞

对着一闪一闪

的信号灯撸几下

直至黑暗

停息了的手掌

也成为罩笼的一部分

2022

负一层

一只大耳朵

没有住客

它从墙缝里

辨听楼上走动

椅子腿咯咯吱吱

一两句微弱的骂声

已忘了自己

它把一整栋楼当作身体

它的手

一只是排水管道

贯穿了查水表的日子

还有一只

无疑是避雷针

它喜欢在风雨里

被闪电击中

虽然楼顶西侧

下坠的夕阳

不属于它

街上的行道树旁

也没有它的狗

对面的楼

灯打开

有人开始烧水

窗户在发亮

它有眼睛

而非一句托词

在天色全暗下来时

2022

红指甲祭

卸掉它
放在美术馆
一件战争艺术品
—— 别,
别做骨肉分离的事
把它放回去
和该在的一起

—— 在昨天,上山
给父亲烧了纸
母亲弯着腰除完坟草
山林寂静
火堆上传来伐木声
那里本该空无一人
不确定谁,我加把柴
那声音变得悠长

然后该

走下山坡

——梦里,该

经历很多次

不分死者生者

将对方从一个收容所

搬往另一个收容所

一节一节往下掉指头

有的指甲

更鲜红一些

2022

几何

天擦黑,杯口变方
桌角上墙。勾出了夜晚
在一个夜晚该有的
线索,并指定一个人
以人形坐在暗中。
影子比一生还长吗?
此刻它听,虫叫,不知哪里的狗
尽管这些动静,远比弹烟灰时
连续叩指发出的
微弱得多。

2022

河塘

一切波光该有一只漂亮碗。

这是往日幻觉

干涸，见底

小雨激不起水花

衣裤不脱可以从河床走到对岸。

途中无愿景

只好又搬鲁迅

（它仍在彻骨寒冷的酒楼上）

一个人一边去

一边用树枝点点戳戳。

拖鞋里叽喇一声诡异的叫。

2022

这无聊的磨损的

汗醒
凉席上多出一个人形
有点慌张,我原来只是这么一团。
被外人看穿的
那种慌张。

把我擦掉。
去向压水井
一股水流
似让我有了活泛

这无聊的、磨损的
陡地阴一下的一日日的
反复,这机械的、叠影子的
躺回是举止之一。
我还在那个人形里,变得轻了
有点慌张。

2022

对影

看他葬小兔子

画了石块。

才想起还有月亮这事。

原来月亮,只埋在地里。

有一块石头

是否意味

就多一个月亮?

有人在那夜晚

水中捞几下

沉冤未洗,急往空中赶

便与它失之交臂。

自此无对影

线团也少怜惜。

2022

秋戏

母亲一出去看戏
我就不那么紧张了,窗外空荡
有个戏台
我等秋决上场
它迟迟不来

快快了断
秋风每年都来,杀无数
母亲的小刀戏
散场很晚

从她脸色
很难判断剧情
有时觉得她也是个角儿
皱纹妆

她的戏台
离我去走的路很近

我也不进入

还是在戏外吧

母亲娱乐完

总是匆匆下地浇粪

似有愧疚

2022

风一阵阵

夜晚起大风
听了一会儿。又听,似雨
风在雨前该来的会来
后面该是,不该来的也来
雨提前与否
得出门看。仍是风
树先生的身影。
其实也无须纠结
不论风雨我先哆嗦一下。

2022

宁静

一种暴力赐予
月亮使劲挖洞。
一个长句子足以支付。
什么，这是什么
什么又是
什么。
屋外的小土狗
领来就被狗肉馆惦记。
宁静，自
然也包括这个夜晚
和灯下，一个认认真真
数头皮屑的家伙。

2022

走着走着

特别窄的桥段
说起旧路上的接缝
这个喜欢物理的家伙
走着走着,跌一跤
就和他笑起来
不再想什么重要
后来走路,也不觉得我
在走着一条可以捡到纸烟
的路(点上,消散
再扔给一条歪歪
扭扭的石子路)弯腰时
望望那边
尽头的几个小黑点
听不到话音
它们从一条不知名的土路
拐过来,不一定发现我

2022

镜子

激烈的一面
由碎掉的镜子
抹平，走过它的人
照照自己
照出的部分，是活着的部分
照不出的部分，是秘密的我们

反光到达尘世之前
它主宰，尖锐，继续失去
不轻易打碎一个孱弱的夜晚

2022

随身听

两个人听
长的耳机线
一人一个耳塞

没有随身听的我
在草坪上
贴着地皮听到
铁皮鼓一样的声音

还是那个深夜
摇晃的公交
随身听
两个人听
打盹,醒了就数站台

2022

扫地机器人

1

扫地机器人将打扫这首诗

2

公寓的时间,灰的叹息
它来自某个黄昏,一只狗
被人剥着皮而被另一只看见
记忆瞬间失去,人有了旧恨
它脱了肉身,来这方寸之地
闷头干活干活,只需摁个键
扫地僧便成了语言的奴隶

3

…………………………………
………………语言的奴隶

2022

冬雨

哼着冬雨,爬围墙
一起翻回的还是
那道围墙,指尖的电流
有个夏天总是一起
上上下下,在上上下下
一道围墙时,哼着冬雨
歌中,雨来路不明
怎么独自回家
是个秘密,它没料到
真的冬雨会布满人的一生
会有一场冬雨,经过另一道
围墙时,和我一起上下
墙的颜色哪点不同,也没什么
雨浸过的深一些

2022

十二月

还在写诗,是我的软肋

一首诗是一个刻度
所做,无非是
写完它,让它保持空气中
时间与空间的流动性

出去找雪
所剩无几
官塘涨的水
不觉得是眼泪

丧狗一只,在刨土

新死的人
唱歌时才有人样
是可怜的自由给它的一点生气

而不是它给过别人自由

十月,寄望于乌有

十一月,我们靠自己

2022

螺(诗剧)

《》1

里面有一个螺。搅动。为何搅动
还有一个螺在搅动一个小螺
在搅动里搅着搅动。它涂着蜡

《》2

螺的手机摇到钉
现在和它一起付账
递的那个眼色分不清谁的
收银台坚定

《》3

螺、小螺、钉,有点腻味游戏
它们想多一个帽,正好外面下雨

《 》4

螺帽进来,还带一个
帽檐拉得低,看不清脸
螺上前接住雨水以及螺栓

《 》5

螺有了家族似乎过得快
但还是被影子、秩序弄得疲惫
螺开始怀疑体内长了铁丝

《 》6

它逃。锻造车间
一个强烈阳光的下午
机床卖力,铁疙瘩似僵尸
加炭,送往炉膛。火
螺躺上去,一点儿也不悲伤

《 》7

甚至浮起一丝诡笑
这时海边有人
在哼小螺号嘀嘀嘀吹
晚霞很美吧

《 》8

螺现在是海的一部分
不知啥时从空中掉下来
外壳坚硬,肉身自带柔软
从潮汐中开出朵浪

《 》9

喧嚣退却螺等夜深
审视自己身体,摸上去
弹性仍好,明明是虫
螺有时细辨"螺"字

它抠掉"累",剩下"虫"旁

真的只是一只虫子吗我

《》10

我也是虫

虫二此刻在烧烤摊边

拿牙签剔着螺蛳肉

他怕洗碗,一摞摞垒得很高

屋子里险象环生

《》11

而螺忙着偷听

另一世界(一只酒葫芦)

口言,何在

螺没忍住:无在

掌不悦,叽的一声

捏出血来

《 》[12]

螺继续哼

我不过一只虫子

ā á ǎ à

螺呈现了一个白眼

第 1 节　北纬 53°，西伯利亚，2047 年

螺，揣一把推胡刀，押着 40 整列车皮，穿越西伯利亚去倒卖。女翻译果儿随行。

《 》[13]

干一票大的。螺

站在绿皮火车尾列

对着冷星星独白

被大草原错听成这个星球上

男人深夜买醉，扶墙时一声长啸

《 》[14]

一把推胡刀的凛寒

锰钢淬火,咸鱼的胡须

废柴的护身符

一把刀怎能迎风站

螺曾用推胡刀

在新买的荡刀布上荡了又荡

一个下午什么也没蹭出来

《 》[15]

铁轨上的吭当,吭当,喀嚓,喀嚓

咕咚,咕咚,咕咚

终点越近越惶恐。鸣笛

第 2 节　北纬 60°,彼得堡

到达拉多加货运火车站。当夜,货物被一场大火烧光。二人滞留彼得堡数日。

《 》[16]

火,圆滑的老东西

抽身而去,事物成灰

距离随之塌陷

在涅瓦大街的小酒馆

俄式沙拉、黑面包、鱼子酱

一杯格瓦斯。伏特加离手最近,加冰

《 》[17]

下楼对普希金雕像

躬身,紫得拉咥嘟伊

螺的内部:有卸马蹄铁有唱哀歌

有嚷别念了别念了,等戈多

"我们将在透明的彼得堡死去

这里你不是主宰,而是普洛塞耳庇娜"

《 》[18]

正蓝、冷蓝、浅蓝的眼
莫伊卡运河的雾

第3节　北纬69°，摩尔曼斯克
二人生出去北极的念头。途经军港摩尔曼斯克，游洛沃泽罗，看到极光。抱养一只哈士奇狗小白。

《 》[19]

部落里有四分之一的男人
都叫阿廖沙，我是哪个阿廖沙
螺看着这座背着石枪的雕像
脚下的长明火，和巴伦支海的破冰船

《 》[20]

哈士奇用鼻子
而不是眼睛来思考

一只独自瑟缩在墙角的小家伙

这是拉普兰狗拉雪橇小镇

萨米人托哈罗夫的木屋

玩着多米诺牌

女儿在对唱因纽特人的喉歌

一张棕熊皮静趴在餐桌上

《 》[21]

极光来得过早

在头顶

淡绿,不,它微红

浅蓝,红紫,最后一团火焰

是狐狸之火

螺离开,穿过开阔地

一只驯鹿的跳跃

第 4 节　北纬 78°,朗伊尔

螺和果儿在游轮上重逢了小螺、螺钉、螺帽、螺栓。到达终点——斯瓦尔巴群岛(北极唯一的非军事区)。不几日,首府朗伊尔城突现不明护卫舰,无人机飞临上空,人们躲进防空洞。无趣中,螺游远郊沙岩山下的末日种子库。早雪。

《 》[22]

朗伊尔鼓励一夜情
却不允许出生、死亡存在
尸首只能抬回奥斯陆
日光从台阶上扫出一些斜影子

《 》[23]

小白很开心
它从没见过无人机
现在,是一只
一只又一只
一只只的无人机
是让它不停叫唤的玩具
可螺觉得,是秃鹫

《 》[24]

北极无雪

走出洞口时

一片雪花擦过脸颊

螺有点怅然若失

雪不跟他说话

第 5 节　北纬 31°，某县城，1994 年

一条青石板小巷，一排矮屋子，铁锈斑斑的窗格内，六七个少年工人模糊的脸。罗下班时路过这儿。

《 》[25]

水汽是匹野马

雾白中

浮起一条旧巷、一张破木床

一个暗娼发泡的裸体

几个刚抽芽的少年

挤在一旁围观

面无表情

又悬而未决

有着木框油画的成色

一到晚上就掉渣儿

《 》²⁶

罗听阿春弹奏斯卡布罗集市

罗翻书

罗翻到一页——

我准备离开这个城市,尼克说

好呀,乔治说,这是一桩值得干的好事情

第 6 节　北纬 90°,北极点

螺经巴尼奥探险营抵北极点。与回程的直升机失联,饥寒中,众人默许螺栓,用螺的推胡刀宰杀了小白。

《 》²⁷

朝北极点当头一尿

北,不过尿的一个小点儿

没经度，淌向哪都指南

细数分叉的小支流

瞬间有了十个南方

《》[28]

白色的转动

走了

风车曾用三片叶子

南方、自由、空气

在冬天

寂静，开花

《》[29]

12点我的脑子像钟摆

计算一个人要走了

深圳，深夜

红色的人黑色的影子

行进在12点的指针里

我望他越走越远

离我的脑子越近

第 8 节　北纬 39°，北京，1996 年
罗望着车窗外的京郊，不管白色泡沫还是红黄蓝黑的塑料袋，挂在残枝上被风扯着。

《 》[30]

出得地铁，马路边上
那个时候
没有行李箱
没有我的城市
只有饮料牌子是固定的
时不时打开
喝一口

《 》[31]

我也是一片垃圾飘动
在风中
学会伪装

第 9 节　北纬 31°，合肥，2018 年

地上的角落里丢着一只抱枕。罗打开台灯，朝楼下的立交桥看了好一会儿。

《　》[32]

一座桥从一辆车下来
一个晚上从一辆车下来
一个月亮不下来

《　》[33]

戈多，为什么
我回到的
总是这个地方
等那戈多
一个和抱枕差不多
踢又踢不走的家伙

第 10 节　北纬 78°，朗伊尔

北极发生冰崩，海啸淹没了斯瓦尔巴群岛。螺和果儿

因于唯一的掩体——末日种子库,等待奥斯陆救援。

《》[34]

梦里看不清雾
听见樵夫吱吱呀呀
吱吱呀呀地唱着
那条吱吱呀呀吱吱呀呀的
河,下山,求个签
老头说我就卖个早点
晃我筷子干吗
继续逃,一支筷子跟上来……

《》[35]

饿不饿,饿
还留着你抄的字呢
"……彼得堡
还有许多地址,可以找到死者声息"

2019 年一稿,2022 年重写

坚硬的表面

一句话里的一张脸

玻璃深处也有

不知是谁,它有坚硬的表面

某个下午的嗓音却虚弱,低到

听者在窗子前停下

向里头张望

锈刀靠在墙边

划不开一个影像、一个事实,遗忘的降临

让它从别处

失忆的火堆里升起

不为可预见的漫长麻木

只为模糊面孔

在衣领后

一个闪烁的眼神

而生

是有几分

称之为相信的东西

可以心领神会

围坐在一起,拨柴,烧烤,吃肉,吐骨头

夹杂了浅谈

咳嗽,而空气不值得

为何以上

这么生硬、不设括弧

空气,一团空气的必要性

让我置身于危险

呼出,推开它

必有另一团

从周边挟着危险

围拢过来

填补那个空缺

现在深吸一口

火堆已平息

一切这么安静,纸灰飘忽不定

还是落下来

过往也就不在

只有梦游者还在试图起身

从一个点移至另一点

一团空气到另一团

沿途是危险

也带来新的危险

一个关乎死亡的游戏

它把我放在窗前

让我辨认玻璃深处

藏着的那张脸

它似乎仍在相信可以相信的东西

并交出一个划痕

在一张脸与一把锈刀之间

作出选择可我

已是一个失望标签

冬天的局点到来之前

"我",是突兀的

也不知怎么

结束"它"和这首诗

在不敢笑

危险无所不在的表情里

打一个恍恍惚的句号

可能妥当一些。

2023

一个说明

2002年,由楚尘策划、本人主编的"年代诗丛"第一辑出版,2003年出版了"年代诗丛"第二辑,两辑共二十本。"年代诗丛"一经出版,迅速成为当年诗歌丛书有口皆碑的品牌,就诗歌写作而言,亦标榜了必要的专业性标准。时至今日,入选的诗人大多已成为汉语诗歌写作中名副其实的中坚力量,如杨黎、柏桦、翟永明、何小竹、于小韦、吉木狼格、小安、杨键、蓝蓝、伊沙、刘立杆、小海。但由于种种原因,"年代诗丛"的出版未能延续,当年的盛举已逐渐化为一个遥远而美丽的传说。

感谢江苏凤凰文艺出版社,有如此魅力和信心重启"年代诗丛"。二十年过去了,今天的出版环境已不同于当年,诗集出版量剧增,某些情形下甚至有泛滥漫溢的倾向,喧哗骚动中更显出了自觉写作者的被动、孤寂。选编"年代诗丛"第三辑(重启卷)的目的一如既往,即是要将其中最优异且隐而未显的诗人加以挖掘,呈现给敏感而热情的诗歌读者。这应该也是编者和出版者共同意识到的责任。

因此我们的选择无关诗人的年龄、知名度，要求的仅仅是写得足够优异以及具有独创性的新一代诗人，特别是其中对读者而言较为生疏的面孔。"年代诗丛"也因此寻觅到一个新的开端，是为"重启"。希望下面还会有"年代诗丛"第四辑、第五辑……

以上文字并非后记，只是一个必要的说明。

韩东

2023.9.17